Bastian und Jan
Dein strahlendes Lächeln
Alisa Kevano

© 2024
likeletters Verlag
Inh. Martina Meister
Legesweg 10
63762 Großostheim
www.likeletters.de
info@likeletters.de

Autorin: Alisa Kevano
Bildquelle: Midjourney

ISBN: 9783946585886

Teilweise kam für dieses Buch künstliche Intelligenz zum Einsatz.

*Dies ist eine frei erfundene Geschichte.
Ähnlichkeiten mit real existierenden Perso-
nen sind zufällig und nicht beabsichtigt.*

Inhaltsverzeichnis

Kapitel 1

An einem klaren Morgen im Frühling, als die ersten Sonnenstrahlen die kopfsteingepflasterten Straßen einer Kleinstadt erleuchteten, öffnete Bastian zum ersten Mal die Türen seiner Zahnarztpraxis. Sein Herz klopfte vor Aufregung und Nervosität.

Er hatte Jahre darauf hingearbeitet, diesen Traum zu verwirklichen, und nun stand er hier, bereit, einen neuen Lebensabschnitt zu beginnen.

Neben ihm stand Lisa, seine Sprechstundenhilfe, eine junge Frau mit einem ansteckenden Lächeln und einer ruhigen, effizienten Art.

Bastian hatte Lisa eingestellt, weil sie nicht nur über hervorragende organisatorische Fähigkeiten verfügte, sondern auch eine warme und einladende Atmosphäre ausstrahlte, die perfekt zu der Praxis passte, die er sich vorstellte.

Gemeinsam überprüften sie die Terminliste für den Tag und stellten sicher, dass alles bereit war, um die ersten Patienten zu empfangen.

Während sie die letzten Vorbereitungen trafen, klingelte die Glocke über der Tür, und Marlene, die Besitzerin des örtlichen Cafés, trat ein.

In ihren Händen hielt sie zwei dampfende Tassen Kaffee und ein Tablett mit hausgemachten Croissants.

«Zum Einstand», sagte sie mit einem warmen Lächeln. «Ich dachte, Sie könnten eine Stärkung gebrauchen.»

Bastian war überrascht und berührt von dieser Geste.

«Das ist sehr freundlich von Ihnen, vielen Dank», erwiderte er, während er das Tablett entgegennahm.

Marlene war in der Stadt wohlbekannt für ihr großes Herz und ihre Fürsorglichkeit. Sie hatte ein kleines Café am Marktplatz, das ein beliebter Treffpunkt für Einheimische und Touristen gleichermaßen war.

«Ich habe viel von Ihnen gehört, Herr …?»

«Bastian», stellte er sich vor. «Bastian Krüger.»

«Ah, ja. Bastian», wiederholte Marlene, als würde sie sich den Namen einprägen. «Nun, Bastian, ich wünsche Ihnen viel Erfolg. Wir brauchen mehr junge, engagierte Leute wie Sie in unserer Stadt. Und vergessen Sie nicht, ab und zu mal eine Pause zu machen. Mein Café ist nur ein paar Schritte entfernt, falls Sie einen Kaffee oder ein offenes Ohr brauchen.»

Bastian lächelte dankbar.

«Das werde ich sicherlich in Anspruch nehmen. Vielen Dank für Ihre Freundlichkeit.»

Lisa, die das Gespräch mit einem warmen Lächeln verfolgt hatte, nickte Marlene zu. Nachdem Marlene gegangen war, fühlte sich Bastian noch ermutigter. Die Geste verstärkte sein Gefühl, dass die Entscheidung, seine Praxis hier zu eröffnen, die richtige gewesen war.

Der Vormittag verging schnell, da Bastian und Lisa mit Patienten beschäftigt waren, die ihre sanfte Herangehensweise und das beruhigende Wesen der Praxis zu schätzen wussten. Jeder erfolgreiche Termin, jedes gelöste Problem und jedes dankbare Lächeln ihrer Patienten bestärkte sie in ihrer Berufung.

Als der Tag sich dem Ende zuneigte, reflektierte Bastian seine Erlebnisse. Trotz der anfänglichen Nervosität fühlte er eine tiefe Zufriedenheit. Er hatte den ersten Schritt gemacht, um nicht nur als Zahnarzt, sondern auch als Teil der Gemeinschaft anerkannt zu werden.

In diesem Moment wusste er, dass er genau dort war, wo er sein wollte.

Mit einem letzten Blick durch die Praxis schloss Bastian ab und machte sich zusammen mit Lisa auf den Weg zum Café.

Er freute sich darauf, Marlene für ihre Freundlichkeit zu danken und vielleicht ein neues Kapitel voller Begegnungen und Geschichten zu beginnen, die seine Tage in der kleinen Stadt bereichern würden.

Kapitel 2

Der Morgen brach an, und mit ihm kam eine Mischung aus Aufregung und Nervosität, die Jan kaum im Zaum halten konnte. Heute war sein erster Tag als Grundschullehrer in der idyllischen Kleinstadt, ein Neuanfang, der nicht nur für ihn, sondern auch für seine zukünftigen Schüler bedeutungsvoll war.

Jan hatte seine Tasche bereits am Vorabend gepackt, vollgestopft mit Unterrichtsmaterialien, Spielen und Büchern, die er sorgfältig ausgewählt hatte, um seinen Schülern eine kreative und inspirierende Lernerfahrung zu bieten.

Während er durch die leeren Straßen zur Schule ging, spürte Jan, wie die ersten Sonnenstrahlen sein Gesicht wärmten. Die Vorfreude auf die neuen Begegnungen und die Möglichkeit, einen positiven Einfluss auf das Leben seiner Schüler zu nehmen, ließ sein Herz schneller schlagen. Er glaubte fest daran, dass Bildung nicht nur Wissen vermittelt, sondern auch Herzen öffnen und Horizonte erweitern kann.

Als Jan die Schwelle zur Grundschule überschritt, pulsierte sein Herz vor Aufregung. Der Geruch von frisch gewachsten Fluren und das ferne Lachen von Kindern füllten die Luft, ein süßes Versprechen für den neuen Anfang, der vor ihm lag.

Er hatte kaum das Lehrerzimmer betreten, als Frau Schneider, die Schulleiterin, mit einem strahlenden Lächeln auf ihn zukam.

«Guten Morgen, Herr Müller! Wir sind so froh, Sie bei uns zu haben. Die Kinder können es kaum erwarten, Sie kennenzulernen», begrüßte sie ihn.

«Vielen Dank, Frau Schneider. Ich bin mindestens genauso aufgeregt», erwiderte Jan, seine Stimme voller Enthusiasmus.

Gemeinsam machten sie sich auf den Weg zu Jans Klassenzimmer.

«Ich hoffe, Sie finden sich schnell bei uns zurecht. Die Gemeinschaft hier ist sehr unterstützend. Und zögern Sie nicht, mich oder die anderen Lehrer um Hilfe zu bitten», sagte Frau Schneider, während sie durch die Flure gingen.

Als sie das Klassenzimmer erreichten, öffnete Jan die Tür zu einem Raum voller Kinder, die ihn neugierig anblickten.

«Guten Morgen, Klasse!», begann er, seine Stimme fest, aber freundlich. «Ich bin Herr Müller, euer neuer Lehrer. Ich freue mich darauf, dieses Schuljahr mit euch zu verbringen und gemeinsam viel zu lernen.»

Ein kleiner Junge hob zaghaft die Hand.

«Werden wir auch Experimente machen?», fragte er mit leuchtenden Augen.

Jan lächelte.

«Aber natürlich. Wir werden viele spannende Dinge zusammen entdecken. Experimente, Geschichten und vielleicht sogar ein bisschen Kunst.»

Die Kinder jubelten, ihre anfängliche Zurückhaltung wich der Begeisterung für die Abenteuer, die vor ihnen lagen.

Nachdem Frau Schneider das Klassenzimmer verlassen hatte, begann Jan mit einer kurzen Vorstellungsrunde.

«Bevor wir starten, möchte ich mehr über euch erfahren. Lasst uns eine Runde machen, in der jeder seinen Namen sagt und was er am liebsten macht.»

Als die Kinder begannen, sich vorzustellen, spürte Jan, wie sich eine Verbindung zu seinen Schülern aufbaute. Jedes Lächeln, jede aufgeregte Stimme fügte ein weiteres Stück zu dem Mosaik hinzu, das seine neue Klasse sein würde.

Die Stunden flogen vorbei, gefüllt mit Lachen, Lernen und gelegentlichen Herausforderungen.

Als die Mittagspause nahte, packte Jan seine Sachen und machte sich auf den Weg zum Café am Marktplatz, um einen wohlverdienten Kaffee zu genießen.

Im Café angekommen, wurde er von Marlene mit einem herzlichen «Neu in der Stadt?» begrüßt.

«Ja, ich habe heute meinen ersten Tag als Lehrer an der Grundschule», antwortete Jan, während er einen Blick auf das Angebot warf.

«Ah, frisches Blut. Die Kinder können ziemlich energisch sein, aber sie sind unser größter Schatz», sagte Marlene, während sie Jans Kaffee zubereitete. «Hier, aufs Haus. Willkommen in unserer Gemeinschaft.»

«Das ist sehr nett von Ihnen, danke», sagte Jan, ein Lächeln breitete sich auf

seinem Gesicht aus. «Ich hoffe, ich kann einen positiven Beitrag leisten.»
«Das werden Sie», versicherte Marlene mit einem Zwinkern. «Genießen Sie Ihren Kaffee.»

Kapitel 3

An einem sonnigen Nachmittag, kurz nachdem Bastian seine Praxis geschlossen hatte, klingelte das Telefon. Lisa hatte bereits Feierabend. Er zögerte einen Moment, bevor er abnahm.

Es war Frau Lehmann, die in Sorge um ihren Sohn Erik berichtete, dass er seit dem Morgen über Zahnschmerzen klagte.

«Bringen Sie direkt Erik vorbei, Frau Lehmann. Ich warte hier auf Sie», sagte Bastian, seine Stimme voller beruhigender Zuversicht.

Als Erik und seine Mutter die Praxis betraten, konnte Bastian sehen, wie ängstlich der Junge war.

Er kniete sich hin, um auf Augenhöhe mit Erik zu sein, und sagte mit einem freundlichen Lächeln: «Hallo, Erik. Ich bin Bastian. Ich habe gehört, dass dein Zahn dir Ärger macht. Aber keine

Sorge, wir werden das zusammen in den Griff bekommen, okay?»

Erik nickte zögerlich, seine Hand fest in der seiner Mutter. Frau Lehmann sah Bastian dankbar an, ihre Augen voller Sorge um ihren Sohn.

«Wir machen das ganz langsam, Erik. Und ich erkläre dir jeden Schritt, den wir machen. Du kannst mir jederzeit sagen, wenn du eine Pause brauchst», fuhr Bastian fort, während er Erik sanft zur Behandlungseinheit führte.

Während der Untersuchung erklärte Bastian ruhig jeden Schritt, den er unternahm, und benutzte dabei einfache Worte, die Erik verstehen konnte.

«Siehst du, das hier ist mein kleiner Spiegel. Damit kann ich in deinem Mund nachschauen, ohne dass es unangenehm wird.»

Erik, zunächst noch angespannt, begann sich allmählich zu entspannen. Bastians ruhige Art und die Art, wie er die Situation handhabe, machten den Unterschied.

Es dauerte nicht lange, bis Bastian das Problem identifiziert hatte – ein kleiner Kariesbefall, der leicht zu behandeln war.

«Alles wird gut, Erik. Du bist sehr tapfer», sagte Bastian, als er die Behandlung abschloss.

Erik blickte ihn mit großen Augen an, ein Hauch von Stolz mischte sich unter seine anfängliche Angst.

Nachdem alles vorbei war, schenkte Bastian Erik einen kleinen Sticker als Belohnung für seinen Mut.

«Für den tapfersten Patienten des Tages», verkündete Bastian mit einem Zwinkern.

Eriks Lächeln, als er den Sticker entgegennahm, war unbezahlbar. Frau Lehmann dankte Bastian herzlich, ihre Erleichterung war offensichtlich.

«Vielen Dank, Dr. Krüger. Ich wusste, dass wir in guten Händen sind, aber das hier… Sie haben wirklich ein besonderes Talent im Umgang mit Kindern.»

Als sie die Praxis verließen, fühlte Bastian sich erfüllt. Diese Begegnung hatte nicht nur Eriks Angst vor dem Zahnarzt gemildert, sondern auch gezeigt, wie wichtig es ist, mit Empathie und Verständnis zu handeln.

Einige Tage später, als Jan seine Klasse in den Kunstunterricht führte, bemerkte er, wie Erik mit neuem Selbstvertrauen unter seinen Klassenkameraden agierte.

Sein kürzlicher Besuch beim Zahnarzt schien nicht nur seine Zahnschmerzen gelindert zu haben, sondern auch sein Selbstwertgefühl gestärkt.

Jan sah darin eine perfekte Gelegenheit, die Kinder über die Bedeutung von Gemeinschaft und gegenseitiger Unterstützung zu unterrichten.

«Wisst ihr, Kinder», begann Jan, während er sich zu der Gruppe umsah, die gespannt zuhörte, «es ist wichtig, dass wir uns gegenseitig helfen und unterstützen. So wie Erik, der mutig zum Zahnarzt gegangen ist und jetzt allen ein Lächeln schenkt.»

Erik errötete ein wenig unter den Blicken seiner Mitschüler, aber Jan bemerkte, wie er aufrechter saß, stolz auf seine Überwindung.

«Und es gibt Menschen in unserer Gemeinschaft, wie Dr. Krüger, der hilft, wo er kann. Das macht unsere Stadt zu einem besseren Ort», fuhr Jan fort. «Jeder von uns kann dazu beitragen, ob durch ein freundliches Wort, eine helfende Hand oder einfach nur, indem wir da sind, wenn jemand uns braucht.»

Die Kinder nickten, einige begannen, von eigenen Erfahrungen zu erzählen, wo sie Hilfe bekamen oder anderen halfen.

Jan lächelte, erfreut darüber, wie die Geschichte Eriks und des Zahnarztes

eine so lebhafte Diskussion über
Gemeinschaft und Freundlichkeit ent-
facht hatte.

Kapitel 4

Nach der Schule entschied Jan, Dr. Krüger einen Besuch abzustatten. Er wollte ihm persönlich für die positive Wirkung danken, die seine Behandlung auf Erik hatte.

Als er die modern gestaltete Praxis betrat, wurde er sofort von Lisa, der freundlichen Sprechstundenhilfe, begrüßt.

«Guten Nachmittag, wie kann ich Ihnen helfen?», fragte Lisa mit einem Lächeln, das Jan sofort willkommen hieß.

«Hallo, ich bin Jan Müller. Ich wollte Dr. Krüger persönlich für seine Behandlung eines meiner Schüler, Erik, danken», erklärte Jan.

«Oh, natürlich, Herr Müller! Einen Moment bitte, ich informiere Dr. Krüger, dass Sie hier sind», antwortete Lisa und verschwand kurz im hinteren Teil der Praxis.

Wenige Momente später trat Bastian in den Empfangsbereich, mit einem herzlichen Lächeln auf den Lippen. Jan spürte ein leichtes Kribbeln im Bauch, als er den Zahnarzt sah, der, obwohl Jan mit seinen 1,85m nicht gerade klein war, sogar noch größer war als er. Dennoch wirkte er nicht bedrohlich, sondern hatte eine besondere Anziehungskraft auf Jan.

«Herr Müller, richtig? Lisa hat mir von Ihnen erzählt. Es freut mich sehr, Sie kennenzulernen. Kommen Sie doch bitte in mein Büro.»

Während Jan Bastians Einladung folgte, bemerkte er, wie wohlorganisiert und einladend die Praxis wirkte, was sicherlich auch Lisas Verdienst war. Im Büro bot Bastian Jan einen Platz und eine Tasse Kaffee an, den Lisa mit ihrer gewohnt effizienten und freundlichen Art servierte.

«Danke, dass Sie gekommen sind, Herr Müller. Es ist nicht alltäglich, dass wir direktes Feedback von den Lehrern unserer jungen Patienten bekommen», begann Bastian das Gespräch, nachdem Lisa sie mit einem diskreten Lächeln verlassen hatte.

Jan nickte, beeindruckt von der warmen Atmosphäre, die Bastian und seine Helferin in der Praxis schufen.

«Ich wollte einfach meine Anerkennung ausdrücken. Erik hat sich sichtlich zum Positiven verändert seit seinem Besuch bei Ihnen. Ihre Art, mit Kindern umzugehen, hat offensichtlich einen großen Eindruck hinterlassen.»

Bastian hörte aufmerksam zu, seine tiefblauen Augen schienen sich in Jans braunen Augen zu verlieren.

«Das ist sehr freundlich von Ihnen. Ich glaube, es ist wichtig, eine positive Erfahrung zu schaffen, besonders für die jüngeren Patienten. Lisa und ich versuchen, eine Atmosphäre zu schaffen, in der sich jeder wohl und verstanden fühlt.»

Nachdem Lisa ihnen frischen Kaffee gebracht hatte, nahm das Gespräch eine persönlichere Wendung.

«Sie haben eine beeindruckende Art, mit Kindern umzugehen, Dr. Krüger», begann Jan, seine Bewunderung ausdrückend.

Bastian lächelte bescheiden.

Ein kurzes Schweigen entstand, in dem sie an ihren Kaffeetassen nippten, dann fuhr Bastian fort: «Und wie ist es mit Ihnen? Was hat Sie dazu gebracht, Lehrer zu werden?»

Jan lehnte sich zurück, ein Lächeln spielte um seine Lippen.

«Ehrlich gesagt, es war die Chance, einen Unterschied zu machen. Die Vorstellung, nicht nur Wissen zu vermitteln, sondern auch Charaktere zu formen und Zukunftsträume zu inspirieren.»

Bastian nickte zustimmend.

«Das ist eine schöne Art, es zu sehen. Vielleicht könnte ich mal einen ,Tag bei dem Zahnarzt' in Ihrer Klasse vorstellen», schlug Bastian vor, halb im Scherz. «Ein bisschen Aufklärung über Zahngesundheit kann nie schaden, und wer weiß, vielleicht nimmt es den Kindern ein wenig die Angst.»

«Das ist eine großartige Idee!» Jan war sofort begeistert. «Und es wäre eine tolle Abwechslung für die Kinder. Lassen Sie uns das organisieren!»

Ihre Augen trafen sich erneut, und in diesem Moment sprang der Funke über – nicht nur der Beginn einer beruflichen Zusammenarbeit, sondern auch einer Freundschaft, die auf gemeinsamen Werten und dem Wunsch, Gutes zu tun, basierte.

Als das Treffen zu Ende ging, standen sie auf und reichten sich die Hände, die Verabschiedung fühlte sich aber schon jetzt weniger förmlich an.

«Danke, dass Sie heute hierher gekommen sind. Ich freue mich auf unsere Zusammenarbeit und darauf,

Sie besser kennenzulernen», sagte Bastian, seine Worte aufrichtig und warm.

«Das Vergnügen war ganz meinerseits. Ich bin froh, dass wir uns getroffen haben. Bis bald», erwiderte Jan, ein Lächeln auf den Lippen, das seine Vorfreude auf die Zukunft widerspiegelte.

Als Jan die Praxis verließ, fühlte er sich leichter und inspirierter. Die Begegnung mit Dr. Krüger hatte nicht nur eine neue Freundschaft angebahnt, sondern ihm auch gezeigt, dass es in der Kleinstadt Menschen gab, die mit Leidenschaft und Hingabe wirkliche Veränderungen bewirkten. Er freute sich darauf, zu sehen, wohin diese neue Verbindung sie beide führen würde.

Kapitel 5

Jan stand vor der modernen Zahnarztpraxis von Bastian, die Tasche voller Unterrichtsmaterialien über Zahnhygiene, die er für den bevorstehenden «Tag bei dem Zahnarzt» zusammengestellt hatte. Er atmete tief durch und trat ein, bereit für einen produktiven Nachmittag der Planung. Bastian begrüßte ihn mit einem herzlichen Lächeln.

«Herr Müller, schön Sie zu sehen! Ich habe schon einige Ideen, wie wir das für die Kinder spannend gestalten können. Ich bin übrigens Bastian», sagte er, während er Jan in einen kleinen Besprechungsraum führte.

«Jan», antwortete dieser und reichte Bastian die Hand.

Während sie sich über die Tische beugten, ausgebreitet mit Broschüren und kinderfreundlichen Zahnbürsten, fanden sie schnell einen gemeinsamen Rhythmus.

Zwischen Diskussionen über die beste Art, Kindern die Wichtigkeit des Zähneputzens beizubringen, und Lachen über die eigenen Kindheitserinnerungen an den Zahnarzt, entwickelte sich eine tiefe Verbundenheit.

«Es ist toll, dass wir das zusammen machen», begann Jan, während er einen Entwurf für ein Informationsblatt betrachtete.

«Nicht nur für die Kinder. Ich habe das Gefühl, hier in der Kleinstadt können wir wirklich einen Unterschied machen.»

Bastian nickte zustimmend.

«Genau das denke ich auch. Manchmal fragen mich Leute, warum ich nicht in einer größeren Stadt geblieben bin, wo ich mehr verdienen könnte. Aber für mich geht es um mehr als nur Geld. Es geht darum, Teil einer Gemeinschaft zu sein, wo man sieht, wie die eigenen Bemühungen Früchte tragen.»

Das Gespräch ging weiter, während sie durch ihre Planung für den «Tag bei dem Zahnarzt» fortschritten. Beide Männer waren sich einig, dass sie durch ihre Arbeit nicht nur lehren, sondern auch lernen – über sich selbst, über das Leben und darüber, was es bedeutet, Teil von etwas zu sein.

Als der Nachmittag zu Ende ging und die Sonne tief am Horizont stand, hatten Jan und Bastian nicht nur einen soliden Plan für den bevorstehenden Tag, sondern auch eine tiefere Verbindung zueinander entwickelt. Sie verabschiedeten sich mit dem Wissen, dass ihre Zusammenarbeit weit über diesen einen Tag hinausgehen würde.

Kapitel 6

An einem ruhigen Nachmittag, als Bastian gerade dabei war, die letzten Patientenakten des Tages zu überprüfen, kündigte das sanfte Klingeln der Praxistür einen unerwarteten Besucher an.

Bastian blickte auf und erkannte sofort das selbstbewusste Auftreten von Michael, einem alten Studienfreund aus Universitätszeiten. Michael, der nun ein erfolgreiches Geschäft als Zahntechniker in einer Großstadt führte, strahlte eine Aura aus, die ebenso viel Selbstsicherheit wie Ehrgeiz verriet.

«Michael, das ist ja eine Überraschung», begrüßte Bastian ihn, ein wenig verunsichert über das unangekündigte Erscheinen. «Was führt dich denn hierher?»

Michael lächelte, doch in seinen Augen lag ein funkelnder, beinahe herausfordernder Schimmer.

«Ich war geschäftlich in der Nähe und dachte, ich schaue mal, wie du dich hier in der Kleinstadt eingerichtet hast. Du weißt ja, ich habe immer gedacht, du würdest in einer Großstadt landen, wo das große Geld ist.»

Die Worte trafen Bastian unvorbereitet. Er hatte gehofft, Michael könnte seine Entscheidung, in der Kleinstadt zu arbeiten, verstehen oder sogar unterstützen.

Stattdessen schien sein alter Freund genau die Zweifel zu verkörpern, die Bastian gelegentlich selbst hegte.

«Es geht mir nicht nur ums Geld, Michael», erwiderte Bastian, bemüht, seine Entschlossenheit zu bewahren. «Hier kann ich einen echten Unterschied im Leben der Menschen machen. Das ist mir mehr wert als jede Großstadtpraxis.»

Michael ließ sich in einen Stuhl fallen, sein Blick prüfend.

«Und was ist mit der Zukunft, Bastian? Denk an Familie, Kinder… Kannst du die hier wirklich so unterstützen, wie du möchtest?»

Die Frage traf Bastian mitten ins Herz. Er hatte darüber nachgedacht, natürlich, besonders seit seinem Gespräch mit Jan. Die Vorstellung einer Familie war verlockend, doch Michaels Worte malten ein Bild von Unsicherheit und möglicherweise unerfüllten Wünschen.

«Ich glaube, es gibt Dinge im Leben, die wichtiger sind als Geld», antwortete Bastian schließlich, seine Stimme fester, als er sich fühlte. «Wie das Gefühl, am Abend nach Hause zu kommen und zu wissen, dass man etwas Gutes getan hat. Nicht, dass man seine Patienten größtmöglich ausgenommen hat.»

Michael schüttelte den Kopf, halb amüsiert, halb mitleidig.

«Du warst schon immer der Idealist, Bastian. Ich hoffe nur, dass du deine Entscheidung nicht eines Tages bereust.»

Als Michael die Praxis verließ, blieb Bastian zurück, umgeben von einem Schweigen, das nun schwer von Zweifeln und Fragen beladen war. Die Begegnung mit Michael hatte alte Gedanken und Unsicherheiten wieder an die Oberfläche gebracht, die Bastian lange zu unterdrücken versucht hatte.

War seine Entscheidung, hierzubleiben, wirklich die richtige?

Oder hatte Michael recht, und er opferte zu viel für einen Traum, der am Ende nicht die erwartete Erfüllung brachte?

In diesem Moment der Unsicherheit wünschte sich Bastian nichts sehnlicher, als mit jemandem zu sprechen, der seine Werte und Träume verstand.

Jemandem wie Jan.

Kapitel 7

Der Morgen des «Tages bei dem Zahnarzt» brach an, und Jan führte eine Schar aufgeregter Kinder in Bastians Praxis. Die Räume waren lebhaft geschmückt, und Lisa stand bereits mit einem Stapel bunter Broschüren und kleinen Geschenktüten bereit, die sie den Kindern mit einem warmen Lächeln überreichte.
Bastian begrüßte die Gruppe herzlich.
«Willkommen, kleine Zahnexperten! Heute werden wir zusammen viel Spaß haben und gleichzeitig einiges über unsere Zähne lernen.»
Die Kinder, anfangs noch etwas schüchtern, wurden schnell von Bastians enthusiastischer Art mitgerissen. Ein kleines Mädchen hob die Hand.
«Muss ich vor dem Zahnarzt Angst haben?» Ihre Stimme war leise, aber neugierig.

Bastian kniete sich hin, um auf Augenhöhe mit ihr zu sein.

«Überhaupt nicht. Ich bin hier, um dir zu helfen und dafür zu sorgen, dass deine Zähne stark und gesund bleiben. Und ich verspreche, dass es hier nichts gibt, wovor du Angst haben musst.»

Ein Junge mit einer Zahnbürste in der Hand, offensichtlich beeindruckt von der Auswahl an Zahnpflege-Utensilien auf einem Tisch, fragte: «Warum müssen wir unsere Zähne so oft putzen?»

«Großartige Frage!», antwortete Bastian und ging zu einer Demonstrationspuppe. «Unsere Zähne sind jeden Tag hart im Einsatz beim Essen und Sprechen. Wenn wir sie nicht regelmäßig putzen, können sich Bakterien ansammeln und Probleme verursachen. Aber mit einer Zahnbürste, so wie du eine hast, und ein bisschen Zahnpasta können wir unsere Zähne sauber und stark halten.»

Die Kinder sammelten sich um Bastian, fasziniert von der Vorführung. Jan beobachtete das Geschehen und fühlte ein warmes Gefühl der Zufriedenheit.

Diese Erfahrung war nicht nur für die Kinder lehrreich, sondern stärkte auch die Verbindung zwischen ihm und Bastian.

Nach der Demonstration leitete Lisa eine praktische Übung ein, bei der die Kinder an Modellen üben konnten, Zähne zu putzen.

«So, wer möchte der erste sein, der zeigt, wie man ein Zahnputz-Champion ist?», fragte sie.

Erik, der Junge, der seine Angst vor dem Zahnarztbesuch überwunden hatte, meldete sich freiwillig. Mit einem strahlenden Lächeln trat er vor und begann, die Zähne des Modells zu putzen, während Lisa hilfreiche Tipps gab.

Als der Tag zu Ende ging und die Kinder, beladen mit Geschenktüten

und neuen Zahnbürsten, die Praxis verließen, wandte sich Jan an Bastian.

«Das war fantastisch. Du hast heute nicht nur den Kindern, sondern auch mir viel beigebracht.»

Bastian lächelte, ein Ausdruck echter Zufriedenheit auf seinem Gesicht.

«Es war mir eine Ehre, Jan. Es sind solche Tage, die mir zeigen, dass ich hier genau richtig bin.»

Nachdem der Trubel des Tages nachgelassen hatte und sie einen Moment der Ruhe fanden, saßen Jan und Bastian zusammen, um den erfolgreichen Tag zu reflektieren. Doch hinter Bastians nachdenklichem Blick verbarg sich mehr als nur Erschöpfung.

«Jan, ich hatte vor ein paar Tagen einen unerwarteten Besucher in der Praxis… Michael, ein alter Studienfreund von mir», leitete Bastian das Gespräch ein, seine Stimme zögerlich, als er nach den richtigen Worten suchte.

«Was hat ihn hierher geführt?», fragte Jan.

«Er war geschäftlich in der Gegend. Wir haben uns lange nicht gesehen, und… er hat einige Dinge gesagt, die mich nachdenklich gemacht haben.» Bastians Blick senkte sich. «Über mein Leben hier in der Kleinstadt, meine Karriere als Zahnarzt. Er konnte nicht verstehen, warum ich meine Ziele nicht in einer Großstadt mit größeren Möglichkeiten verfolge.»

Jan hörte aufmerksam zu, seine Miene zeigte Verständnis und Besorgnis zugleich.

«Und was hat er genau gesagt?»

«Er hat die Frage aufgeworfen, ob ich hier wirklich das erreichen kann, was ich mir wünsche… nicht nur beruflich, sondern auch persönlich. Über die Möglichkeit, eine Familie zu gründen und zu versorgen. Er meint, ich würde mein Potenzial verschwenden.»

Bastians Stimme brach fast unter dem Gewicht seiner Worte.

Jan lehnte sich vor, seine Augen suchten Bastians.

«Bastian, es ist mutig und ehrenwert, was du hier tust. Was diesen Michael angeht, so hat jeder seine eigene Vorstellung von Erfolg und Glück. Aber letztendlich musst du das tun, was für dich richtig ist, was dich erfüllt.»

Bastian blickte auf, getroffen von Jans Worten.

«Ich liebe es hier. Die Verbindung, die ich zu meinen Patienten aufbaue, die Menschen, die ich hier bereits kennen- und schätzen gelernt habe…» Dabei blickte er auf und sah Jan direkt in die Augen. «Ich möchte nirgendwo anders sein.»

«Es ist natürlich, solche Gedanken zu haben, besonders nach einem Gespräch wie dem mit Michael. Aber erinnere dich an das Lächeln der Kinder heute, die Dankbarkeit ihrer Eltern. Das ist der

Beweis, dass du genau dort bist, wo du sein solltest», ermutigte Jan.

Bastian nickte langsam, die Zweifel begannen zu schwinden, ersetzt durch ein wiedererwachtes Gefühl der Bestimmung.

«Danke, Jan. Es hilft, darüber zu sprechen. Ich glaube, ich habe manchmal nur gebraucht, daran erinnert zu werden, warum ich mich für diesen Weg entschieden habe.»

«Immer», antwortete Jan mit einem warmen Lächeln. «Wir alle brauchen ab und zu jemanden.»

Kapitel 8

An einem frühen Morgen, der in Bastians Zahnarztpraxis mit der gewohnten Ruhe begann, änderte sich die Atmosphäre schlagartig, als Marlene, die Cafébesitzerin und eine der ersten Patientinnen der neuen Praxis, besorgt die Schwelle überschritt. Lisa, die stets aufmerksame und freundliche Sprechstundenhilfe, bemerkte sofort Marlenes besorgte Miene.

«Marlene, was bringt dich zu uns? Ist alles in Ordnung?», fragte Lisa, während sie Marlene zu einem Sitzplatz führte.

«Ich muss mit Bastian sprechen. Es geht um etwas, das ich online gefunden habe, etwas, das mich sehr beunruhigt hat», antwortete Marlene und hielt ihr Smartphone fest in der Hand.

Als Bastian den Raum betrat und Marlenes besorgte Miene sah, spürte er sofort, dass etwas nicht stimmte.

«Marlene, was ist los?» Seine Stimme war von echter Besorgnis geprägt.

Marlene zeigte ihm ihr Smartphone, auf dem mehrere negative Bewertungen zu lesen waren, die kürzlich auf einer bekannten Online-Plattform für Arztbewertungen veröffentlicht worden waren.

«Ich war schockiert, das zu lesen, Bastian. Diese Beschwerden über unfreundliches Personal, lange Wartezeiten und sogar Vorwürfe über mangelnde Professionalität. Das entspricht überhaupt nicht dem, was ich und viele andere hier erfahren haben.»

Bastian, der von der plötzlichen Flut negativer Kritik überrascht wurde, fühlte, wie sein Herz sank.

«Das ist das erste Mal, dass ich davon höre. Diese Bewertungen… sie scheinen aus dem Nichts zu kommen. Wir müssen herausfinden, was oder wer dahintersteckt.»

Lisa, die sich dem Gespräch angeschlossen hatte, war ebenso verblüfft.

«Das ist wirklich merkwürdig. Unsere Patientenfeedbacks waren immer positiv, und solche Beschwerden hatten wir noch nie.»

«Ich weiß, dass diese Bewertungen nicht wahr sein können», sagte Marlene entschlossen. «Wir müssen das richtigstellen.»

Mit Marlenes Unterstützung und Lisas Hilfe beschlossen sie, aktiv zu werden. Während Marlene anbot, mit den Gästen ihres Cafés zu sprechen, um weitere Meinungen und Erfahrungen einzuholen, plante Lisa, die jüngsten Termine und Patientenfeedbacks zu überprüfen, um eventuelle Unstimmigkeiten zu identifizieren.

Nachdem Marlene und Lisa ihre Unterstützung zugesichert hatten, fühlte Bastian sich nicht mehr ganz so alleine mit dem Problem der negativen Bewertungen. Doch wusste er, dass er noch eine weitere Person brauchte, auf deren Urteilsvermögen und Unterstützung er zählen konnte: Jan.

Er zögerte kurz, bevor er sein Handy nahm. Jan war nicht nur wegen seiner Kompetenz als Lehrer die logische Wahl, sondern auch, weil Bastian in den letzten Wochen eine tiefe Verbundenheit zu ihm gefühlt hatte. Es gab Momente, in denen ein Blick oder eine zufällige Berührung mehr sagten, als Worte je könnten.

«Jan, es tut mir leid, dich zu stören, aber ich stecke in einer ziemlich schwierigen Situation. Ich… ich könnte wirklich deine Hilfe gebrauchen», begann Bastian das Telefonat, seine Stimme spiegelte seine Unsicherheit wider.

«Was ist los, Bastian? Natürlich helfe ich dir, wo ich kann», antwortete Jan sofort, seine Stimme warm und beruhigend.

Bastian spürte, wie allein schon Jans Zuspruch eine gewisse Last von seinen Schultern nahm.

«Es geht um einige negative Online-Bewertungen, die völlig aus dem Blauen kamen. Ich… Ich bin mir nicht sicher, wie ich damit umgehen soll», erklärte Bastian.

«Das klingt ernst. Lass uns treffen und die Sache gemeinsam durchgehen. Ich bin sicher, wir finden eine Lösung», schlug Jan vor, und Bastian konnte die Aufrichtigkeit in seiner Stimme spüren.

Als sie sich später in der Praxis trafen, gab es einen Moment, in dem ihre Blicke sich trafen und alles andere in den Hintergrund trat. Es war ein Moment stiller Verständigung, in dem Bastian spürte, wie wichtig Jan ihm geworden war.

Gemeinsam sahen sie sich die Bewertungen an. Jan lehnte sich hin und wieder vor, um auf Details am Bildschirm zu deuten, wobei sein Arm Bastians streifte. Jede dieser kleinen Berührungen ließ Bastians Herz schneller schlagen, doch er versuchte, sich auf das Problem zu konzentrieren.

«Siehst du das Muster hier? Die Bewertungen scheinen alle in einem sehr kurzen Zeitraum verfasst worden zu sein. Das ist ungewöhnlich», bemerkte Jan, sein Finger verweilte einen Moment länger als nötig auf dem Touchpad, während sein Blick Bastian suchte.

«Ja, das hatte ich auch bemerkt. Es sieht fast so aus, als ob jemand das extra gemacht hat» stimmte Bastian zu, dankbar für Jans Einsicht und die Nähe, die zwischen ihnen entstand, während sie zusammenarbeiteten.

«Wir sollten vielleicht versuchen, mehr über die Verfasser herauszufinden. Und ich denke, wir sollten auch eine positive Gegenkampagne starten. Zeigen, wer du wirklich bist und wie deine Praxis die Gemeinde positiv beeinflusst», schlug Jan vor, seine Hand kurz auf Bastians Arm legend, ein Zeichen der Unterstützung und vielleicht auch der Zuneigung.

Bastian blickte auf Jans Hand und dann in seine Augen. «Das klingt nach einem guten Plan. Danke, Jan. Nicht nur für deine Hilfe, sondern auch für… nun, einfach für alles.»

«Wir könnten Patienteninterviews führen, Erfolgsgeschichten teilen und sowas.»

Bastian nickte zustimmend, inspiriert von Jans Ideen.

«Das klingt großartig. Ich bin sicher, Lisa kann uns helfen, einige der Patienten zu erreichen, die bereit wären, ihre positiven Erfahrungen zu teilen.»

Lisa, die gerade das Büro betrat, um nachzufragen, ob sie noch etwas benötigten, wurde prompt in den Plan eingeweiht.

«Natürlich, ich kenne so viele unserer Patienten persönlich. Ich bin überzeugt, dass sie gerne helfen würden, die Wahrheit über unsere Praxis zu verbreiten,» sagte sie, bereit, ihren Teil beizutragen.

In den folgenden Tagen setzten Jan, Bastian und Lisa ihre Idee in die Tat um. Sie kontaktierten Patienten, die in der Vergangenheit ihre Zufriedenheit mit Bastians Arbeit zum Ausdruck gebracht hatten, und baten sie, kurze Videos aufzunehmen oder Testimonials zu schreiben.

Die Resonanz war überwältigend positiv; viele waren bereit, ihre guten Erfahrungen zu teilen, um Bastians Ruf zu verteidigen.

Jan und Bastian beschlossen, den Abend gemeinsam ausklingen zu lassen. Sie hatten sich entschieden, in einem kleinen, gemütlichen Restaurant in der Nähe zu essen, um den Erfolg ihrer Kampagne zu feiern und einfach die Gesellschaft des anderen zu genießen.

Während des Essens konnte Bastian nicht aufhören, Jan für seine unermüdliche Unterstützung und seinen kreativen Beitrag zu danken. «Jan, ohne dich wäre all das nicht möglich gewesen. Du hast mir nicht nur geholfen, meinen Ruf zu retten, sondern mir auch gezeigt, was wahre Freundschaft bedeutet», sagte Bastian, seine Worte mit tiefer Dankbarkeit und Bewunderung geladen.

Jan lächelte, seine Augen trafen Bastians in einem langen, bedeutsamen Blick.

«Bastian, es war mir eine Ehre, dir zur Seite zu stehen. Und um ehrlich zu sein, habe ich dabei mehr gewonnen, als ich je erwartet hätte», erwiderte Jan, seine Stimme sanft und aufrichtig.

Als sie das Restaurant verließen, atmete Bastian tief die frische Abendluft ein.

«Es ist so ein schöner Abend. Hast du Lust auf einen Spaziergang? Es gibt einen Park in der Nähe.»

Jan lächelte und nickte.

«Das klingt perfekt. Ein wenig Ruhe nach diesem Trubel würde uns beiden guttun.»

Während sie nebeneinander durch die ruhigen Straßen zum Park schlenderten, füllte die Stille zwischen ihnen sich mit einem angenehmen Gefühl der Nähe. Im Park angekommen, blickten sie gemeinsam in den sternenklaren Himmel.

«Sieh dir den Himmel an, Jan. Hast du jemals darüber nachgedacht, wie klein unsere Sorgen im Vergleich zu diesem unendlichen Universum sind?», fragte Bastian, seine Stimme ein leises Staunen.

Jan schaute nach oben, ließ den Blick über die Sterne schweifen.

«Ja, das habe ich. Es gibt uns eine Perspektive, nicht wahr? Und trotzdem sind es die kleinen Dinge hier unten, die unser Leben bedeutsam machen.»

Bastian sah Jan an, ein Lächeln umspielte seine Lippen.

«Wie deine Freundschaft, die für mich in letzter Zeit so viel bedeutet hat. Jan, ich… ich fühle mich zu dir hingezogen, auf eine Art und Weise, die ich nicht ganz erklären kann.»

Jan drehte sich zu Bastian, seine Augen suchten die seinen.

«Bastian, ich spüre dasselbe. Bei dir fühle ich mich auf eine Weise verbunden, die neu und doch so vertraut ist.»

Sie standen sich nun näher, die Luft zwischen ihnen vibrierte vor unausgesprochener Spannung und Erwartung. Jan streckte seine Hand aus, legte sie sanft an Bastians Wange.

«Darf ich?» Seine Stimme war kaum mehr als ein Flüstern.

Bastian nickte, das Herz klopfte ihm bis zum Hals.

«Ja.»

Jan beugte sich vor und ihre Lippen trafen sich in einem zarten, suchenden Kuss, der all die unausgesprochenen Worte und Gefühle zwischen ihnen einfing.

Es war ein Moment der Offenbarung, in dem die Zeit stillzustehen schien.

Kapitel 9

Die ersten Strahlen des Morgens fielen sanft durch das Fenster von Marlenes Café, als Jan und Bastian ihren gewohnten Tisch in der Ecke einnahmen. Das Café, ein Ort voller Wärme und Lachen, war zu einem Symbol ihrer wachsenden Verbundenheit geworden.

Mit dampfenden Tassen Kaffee vor sich, tauschten sie Geschichten aus ihrem Alltag aus, teilten Gedanken und Träume, die weit über die Praxis oder die Schule hinausgingen.

Marlene, die mit einem Tablett voller frisch gebackener Croissants an ihren Tisch kam, konnte ein liebevolles Lächeln nicht unterdrücken.

«Ihr seid ja mittlerweile Stammgäste geworden. Und lasst mich raten – wieder das Übliche?»

«Ja, bitte», antwortete Bastian, während sein Blick liebevoll zu Jan wanderte.

«Und danke, Marlene. Dein Kaffee ist der perfekte Start in den Tag.»

Marlene stellte das Tablett ab und lehnte sich einen Moment an den Tisch, ihre Augen weich und nachsichtig. «Wisst ihr, ich habe es von Anfang an gesehen. Dass ihr beiden zusammengehört, meine ich. Es gibt so eine… Harmonie zwischen euch.»

Jan und Bastian tauschten einen Blick aus, ein stilles Einverständnis in ihren Augen. Jan ergriff das Wort, seine Stimme sanft, aber voller Überzeugung. «Marlene, du hast recht. Und wir sind dir so dankbar, dass wir diesen Ort haben, wo wir einfach wir selbst sein können.»

Das Gespräch ging weiter, während sie ihr Frühstück genossen, aber die Worte von Marlene hallten nach. Es war nicht nur die Bestätigung ihrer Beziehung durch eine Außenstehende, sondern auch die Erkenntnis, wie sehr sie in der kurzen Zeit ein Teil voneinander geworden waren.

Nach dem Frühstück, als sie durch die noch ruhigen Straßen schlenderten, fanden Jans und Bastians Hände sich in einer stillen Geste der Zuneigung. Es waren die kleinen Momente wie diese, die ihre Tage mit Bedeutung füllten. Die Welt um sie herum konnte warten, zumindest für einen Moment.

Einige Tage nach ihrem Morgen im Café, als die Routine der Arbeit Bastian wieder eingeholt hatte, kündigte Lisa überraschend einen Besucher in seiner Praxis an.

«Michael ist hier. Er möchte dich sprechen», sagte sie, ein wenig unsicher über seine Reaktion.

Bastians Herz machte einen Sprung bei der Erwähnung von Michaels Namen. Trotz der vergangenen Unstimmigkeiten fühlte er eine gewisse Verpflichtung, Michael zu hören.

Vielleicht war es an der Zeit, alte Differenzen zu begraben.

Als Michael in Bastians Büro trat, war die Spannung zunächst spürbar. Doch Michael brach das Eis mit einer überraschenden Offenheit.

«Bastian, ich habe über die letzten Male nachgedacht, als wir uns gesehen haben. Und ich habe eingesehen, dass ich vielleicht zu voreilig war. Ich respektiere deine Entscheidung, hier in der Kleinstadt zu bleiben und wünsche dir wirklich nur das Beste.»

Bastian war überrascht von Michaels Worten. Die Erleichterung, die er fühlte, ließ ihn fast seine anfängliche Vorsicht vergessen.

«Das bedeutet mir viel, Michael. Ich schätze deine Offenheit.»

Michael lächelte leicht, doch in seinen Augen lag eine unbestimmte Sehnsucht.

«Ich hoffe, wir können unsere Freundschaft wieder aufnehmen. Vielleicht könnten wir uns gelegentlich treffen? Nur als Freunde, versteht sich.»

Bastian nickte, noch immer ein wenig überrumpelt von der Wendung des Gesprächs.

«Ja, das klingt gut. Freunde.»

Als Michael gegangen war, blieb Bastian mit gemischten Gefühlen zurück.

Die Versöhnung war willkommen, doch etwas in Michaels Tonfall ließ ihn nachdenklich werden.

Einige Tage danach beschloss Bastian, Michaels Angebot anzunehmen und sich mit ihm zu treffen. Er hoffte, dadurch Klarheit in ihre Beziehung zu bringen und gleichzeitig sicherzustellen, dass seine Verbindung zu Jan unangetastet blieb. Sie verabredeten sich in einem lokalen Bistro, einem neutralen Ort, der weder zu persönlich noch zu öffentlich war.

Das Treffen begann zwanglos, mit Gesprächen über alltägliche Dinge und gemeinsame Erinnerungen aus der Vergangenheit.

Doch als das Gespräch fortschritt, änderte Michael seinen Ton. Seine Bemerkungen wurden persönlicher, und er machte Andeutungen, die deutlich über eine bloße Freundschaft hinausgingen.

«Ich habe unsere Zeit zusammen immer sehr geschätzt, Bastian. Und ich kann nicht leugnen, dass ich mehr für dich empfinde. Das war auch der Grund, weshalb ich dir das Leben in der Kleinstadt ausreden wollte», sagte Michael, seine Augen suchten Bastians.

Bastian spürte, wie sich sein Magen zusammenzog. Er hatte so etwas befürchtet, doch gehofft, es würde nicht dazu kommen.

«Michael, ich schätze dich als Freund und die Zeiten, die wir geteilt haben, aber ich muss klarstellen, dass ich bereits jemanden habe. Es gibt jemanden in meinem Leben, mit dem ich meine Zukunft sehe», antwortete Bastian, seine Stimme fest, aber voller Mitgefühl.

Michael schien für einen Moment verloren, dann zog sich eine Enttäuschung über sein Gesicht.

«Ich verstehe», sagte er leise, seine Stimme kaum mehr als ein Flüstern. «Ich hatte gehofft, aber… ich verstehe.»

Das Treffen endete kurz darauf, viel früher als geplant. Michael zog sich zurück, und Bastian blieb mit einem Gefühl der Erleichterung, aber auch des Bedauerns zurück. Er hatte keinen Zweifel an seinen Gefühlen für die Person in seinem Leben, doch es schmerzte ihn, einen alten Freund zu verletzen.

Auf dem Heimweg fühlte Bastian sich erleichtert, als hätte er eine Last von seinen Schultern genommen. Er war sich seiner Gefühle noch sicherer und wusste, dass es richtig war, ehrlich zu Michael zu sein.

Kapitel 10

Michael stürmte aus dem Bistro, seine Schritte schnell und unbestimmt, als triebe ihn eine innere Unruhe durch die Straßen der kleinen Stadt. Die kühle Luft prallte gegen sein Gesicht, doch sie konnte die Flut der Emotionen, die in ihm brodelten, nicht kühlen. Verwirrung, Enttäuschung, vielleicht sogar Eifersucht – Gefühle, die er sich nicht eingestehen wollte, verwirbelten in seinem Inneren zu einem festen Knoten im Magen.

Während er ziellos weiterging, begannen Erinnerungen an die gemeinsame Studienzeit mit Bastian in ihm aufzusteigen. Sie waren wie zwei Seiten derselben Münze gewesen, unzertrennlich in ihrem Streben nach Erfolg und Anerkennung.

Michael erinnerte sich an die zahlreichen Abende, die sie in der Bibliothek verbracht hatten, umgeben von Büchern und dem leisen Rascheln von Seiten. Sie hatten Pläne geschmiedet, von ihrer Zukunft geträumt und sich gegenseitig versichert, dass nichts sie aufhalten könnte.

Besonders lebhaft erinnerte er sich an einen lauen Frühlingsabend, als sie nach einer langen Lernsession auf dem Universitätscampus unter den Sternen gesessen hatten.

«Eines Tages werden wir großartige Dinge tun, Bastian. Wir werden die Welt verändern», hatte Michael damals gesagt, die Augen voller Feuer und Ambition.

Bastian hatte gelacht, seine Zustimmung mit einem freudigen Funkeln in den Augen gezeigt. In diesem Moment hatte Michael etwas in Bastians Blick gesehen, das ihm Hoffnung gab, Hoffnung auf mehr als nur Freundschaft.

Doch diese Erinnerungen fühlten sich nun an wie aus einer anderen Zeit, einer Zeit, bevor die Realität ihre Wege in unterschiedliche Richtungen geführt hatte.

Michael konnte es nicht fassen, dass Bastian, der Mann, den er so tief bewundert und vielleicht sogar geliebt hatte, sich für ein Leben in einer Kleinstadt entschieden hatte, fernab vom pulsierenden Leben und den Möglichkeiten der Großstadt, die sie einst erobert hatten.

Seine Schritte verlangsamten sich, als er durch eine Straße ging, die mit alten, ehrwürdigen Bäumen gesäumt war.

Die Stille der Nacht umhüllte ihn, und in dieser Stille begann Michael, die Gründe für seine Enttäuschung und das Gefühl des Verrats zu hinterfragen.

War es wirklich Bastians Entscheidung, die ihn so tief traf, oder waren es seine eigenen unerfüllten Träume und Wünsche, die er auf Bastian projiziert hatte?

Während Michael weiter durch die stille Stadt wanderte, umhüllt von der

Dunkelheit, die nur gelegentlich von den sanften Lichtern der Straßenlaternen durchbrochen wurde, begannen seine Gedanken zu kreisen.

Er erinnerte sich an den Tag, an dem er erfahren hatte, dass Bastian beschlossen hatte, seine Zahnarztpraxis in dieser Kleinstadt zu eröffnen. Die Nachricht hatte ihn überrascht und, wenn er ehrlich war, auch verletzt.

Warum hatte Bastian sich für ein Leben hier entschieden, weit entfernt von dem Glanz und der Hektik der Großstadt, die sie beide einst erobert hatten?

In Michaels Kopf hatte die Großstadt immer für Erfolg gestanden, für die Verwirklichung ihrer gemeinsamen Träume.

Er konnte sich nicht vorstellen, wie Bastian seine Ambitionen in einer Stadt befriedigen konnte, in der jeder jeden kannte, und wo die Möglichkeiten so begrenzt schienen.

Er hatte sich gefreut, wieder näher an Bastian zu sein, doch diese Entscheidung hatte eine Kluft zwischen ihnen geschaffen, die Michael nicht zu überwinden wusste.

Angetrieben von einem Gefühl der Enttäuschung und der unausgesprochenen Hoffnung, Bastian vielleicht umstimmen zu können, hatte Michael begonnen, schlechte Bewertungen über Bastians Praxis im Internet zu veröffentlichen.

In seinem verwirrten Zustand glaubte er, dass Bastian, konfrontiert mit dem Scheitern in der Kleinstadt, keine andere Wahl haben würde, als in die Großstadt zurückzukehren. Es war ein Plan, geboren aus Verzweiflung und einem tiefen, wenngleich fehlgeleiteten, Verlangen nach Nähe.

Jede Bewertung, die er anonym hinterließ, war wie ein Stich in sein eigenes Herz. Doch die Wut und die Enttäuschung, die er fühlte, trieben ihn weiter an. Er log sich selbst vor, dass es zum Besten für Bastian sei, dass er ihm einen «Dienst» erwies, indem er ihn vor einem Leben in der Mittelmäßigkeit bewahrte.

Tief in seinem Inneren wusste Michael jedoch, dass diese Aktionen weniger von Sorge als von Eifersucht und dem Schmerz über ihren verlorenen Kontakt motiviert waren.

Als die Erinnerungen an seine Taten ihn übermannten, blieb Michael abrupt stehen. Die Kälte der Nacht legte sich wie ein Schleier über seine Haut, doch sie war nichts im Vergleich zu der Kälte, die er in seinem Inneren spürte.

Getrieben von einem Wirbel aus Gedanken und Emotionen, fand sich Michael schließlich vor der sorgfältig restaurierten Fassade von Bastians Zahnarztpraxis wieder.

Sein Herz pochte heftig, als stünde er am Rand einer Entscheidung, die alles verändern könnte. Die stille Straße und das sanfte Leuchten der Praxisschilder in der Dunkelheit schufen einen schroffen Kontrast zu dem Sturm in seinem Inneren.

Etwas Dunkles regte sich in Michael, eine Wut, die er nicht vollständig unterdrücken konnte. Sie war genährt von Eifersucht, von dem Gefühl, zurückgelassen worden zu sein, während Bastian ein neues Leben begonnen hatte. In einem Moment der Verzweiflung und des Zorns, der seine rationale Denkweise überlagerte, handelte Michael impulsiv.

Seine Hände zitterten, als er das Türschloss brach, eine Aktion, die symbolisch die Barriere zwischen ihnen zerstörte. Er betrat die Praxis, sein Herzschlag laut in seinen Ohren hallend.

Innerhalb der vertrauten, doch jetzt feindlich wirkenden Wände von Bastians Praxis ließ Michael seinen Emotionen freien Lauf. Mit jeder umgestoßenen Vase, jedem zerrissenen Dokument und jedem zerbrochenen Instrument fühlte er eine perverse Befriedigung.

Es war, als könnte er durch die Zerstörung der physischen Umgebung Bastians Entscheidung, die Großstadt – und ihn – zu verlassen, rückgängig machen. Doch mit jeder weiteren Sekunde des Chaos wuchs auch ein Gefühl der Leere in ihm.

Die Praxis, einst ein Ort der Heilung und des Neuanfangs, verwandelte sich unter seinen Händen in ein Bild der Verwüstung. Michael konnte nicht aufhören, obwohl ein Teil von ihm die Sinnlosigkeit seiner Aktionen erkannte.

Die Dunkelheit der Nacht schien sich mit der Dunkelheit seiner Taten zu vermischen, ein Schatten, der langsam auch sein Herz umhüllte.

Nachdem die anfängliche Wut verflogen war und er um sich blickte, sah Michael das Ausmaß seiner Zerstörung.

Die Praxis, die mit so viel Liebe und Hingabe aufgebaut worden war, lag in Trümmern. In diesem Moment der Klarheit erfasste ihn eine tiefe Reue.

Was hatte er getan?

Wie konnte er, getrieben von seinen eigenen verletzten Gefühlen, so weit gehen?

Michael stand allein inmitten der Zerstörung, die er angerichtet hatte, und erkannte, dass es keinen Weg zurück gab.

Die Erkenntnis des Schadens, den er nicht nur an der Praxis, sondern auch an der Beziehung zu Bastian angerichtet hatte, traf ihn mit voller Wucht.

Er hatte sich selbst in einem Moment der Schwäche verloren und musste nun mit den Konsequenzen leben.

Kapitel 11

Der Morgen begann für Bastian mit einer schockierenden Entdeckung, die alles veränderte. Als er bei der Praxis ankam, fand er die Tür aufgebrochen. Das Herz schlug ihm bis zum Hals, als er die Tür öffnete und das Ausmaß der Verwüstung sah.

Noch während er versuchte, die Situation zu erfassen, hörte er hastige Schritte hinter sich.

Es war Lisa, die kurz nach ihm eintraf.

«Oh mein Gott, Bastian, was ist passiert?»

Lisas Stimme zitterte vor Entsetzen, als sie den Zustand der Praxis sah. Ihre Augen weiteten sich beim Anblick des Chaos – zerbrochene Ausrüstung, umgeworfene Möbel und über den Boden verstreute Akten.

«Ich weiß es nicht, Lisa. Ich habe es gerade erst entdeckt», antwortete Bastian, während sein Blick über die Zerstörung schweifte.

Gemeinsam durchquerten sie die Räume, um das volle Ausmaß zu begreifen.

Bastian griff zum Telefon, um die Polizei zu rufen. Die Beamten trafen schnell ein und begannen mit der Untersuchung, während Bastian und Lisa versuchten, die ersten Schritte zur Wiederherstellung zu planen.

Die Hilflosigkeit, die Bastian fühlte, wurde durch Lisas Anwesenheit gemildert. Ihre Entschlossenheit, die Praxis wieder aufzubauen und die Patienten zu unterstützen, gab Bastian Kraft.

Nachdem die Polizei ihre Untersuchung abgeschlossen hatte, blieben Bastian und Lisa zurück, um mit den Aufräumarbeiten zu beginnen. Es war ein langer und emotional anstrengender Prozess, doch ihre gemeinsame Entschlossenheit leuchtete hell.

Kurz darauf traf Jan ein.

Er hatte von dem Vorfall gehört und kam, so schnell er konnte, um zu unterstützen. Seine Anwesenheit brachte zusätzliche Stärke und Hoffnung.

«Wir schaffen das, Bastian. Zusammen», sagte Jan, als er Bastian in die Arme nahm, ein Versprechen der Solidarität und Unterstützung.

An einem kühlen Morgen, der mit der Spannung der bevorstehenden Nachrichten geladen war, trafen sich Bastian, Jan und Lisa in der Praxis.

Die Polizei hatte sie für heute Vormittag zu einem abschließenden Gespräch eingeladen, um die Ergebnisse der Ermittlungen zu besprechen. Die Luft in der Praxis war erfüllt von einer Mischung aus Hoffnung und Nervosität.

Als der ermittelnde Beamte eintraf, konnte man die Anspannung fast greifen. «Wir haben gute Nachrichten», begann er, ohne Umschweife. «Dank der Beweise, die wir sichern konnten, und der Aussagen von Zeugen, haben wir den Täter identifizieren können, der für den Einbruch und die Zerstörung Ihrer Praxis verantwortlich ist.»

Bastian spürte, wie Jan seine Hand drückte, ein stiller Ausdruck der Unterstützung. Lisa lehnte sich vor, ihre Augen fest auf den Beamten gerichtet, als sie auf die Fortsetzung warteten.

«Sagt Ihnen der Name Michael Wagner etwas?», fragte der Beamte.

Die Stille, die diesen Worten folgte, war erdrückend. Bastian fühlte, wie ein Schock durch ihn hindurchfuhr. Michael, sein ehemaliger Studienfreund, der Mann, den er einst nahezu als Bruder betrachtet hatte.

«Ja, er … war einmal ein Freund», sagte Bastian traurig.

«Wir haben auch Beweise gefunden, die ihn mit den negativen Online-Bewertungen in Verbindung bringen», fuhr der Beamte fort. «Es scheint, als hätte er versucht, Ihnen auf mehreren Ebenen zu schaden.»

Die Nachricht, dass Michael nicht nur hinter dem materiellen Schaden stand, sondern auch für die Angriffe auf Bastians Ruf verantwortlich war, ließ Bastian fassungslos zurück. Die Motive dahinter waren ihm ein Rätsel, ein Gedankenwirrwarr aus vergangenen Begegnungen und Gesprächen.

Jan brach die Stille.

«Was passiert jetzt mit ihm?» Seine Stimme war fest, doch Bastian hörte die darunterliegende Sorge.

«Er wird sich vor Gericht für seine Taten verantworten müssen», antwortete der Beamte. «Wir werden alles tun, um sicherzustellen, dass Gerechtigkeit herrscht.»

Nachdem der Beamte gegangen war, saßen die drei noch lange zusammen, sprachen über das, was geschehen war, und versuchten, die neuen Informationen zu verarbeiten.

Bastian war überwältigt von einer Flut aus Emotionen – Enttäuschung, Wut, aber auch Erleichterung, dass endlich Klarheit herrschte.

Die Tage nach der Enthüllung waren für Bastian eine emotionale Achterbahnfahrt. Die Gewissheit, dass Michael hinter den Angriffen stand, hinterließ einen bitteren Nachgeschmack von Verrat und Enttäuschung. Jan stand ihm während dieser Zeit unerschütterlich bei, bot ihm ein offenes Ohr und eine Schulter zum Anlehnen.

Eines Abends, nach einem langen Tag des Aufräumens und Planens für die Zukunft der Praxis, lud Jan Bastian ein, die Nacht bei ihm zu verbringen.

«Du solltest nicht allein sein, Bastian. Nicht jetzt», sagte Jan, seine Stimme voller Sorge und Zuneigung.

Bastian nahm das Angebot dankbar an. Die Aussicht, den Abend und die Nacht mit Jan zu verbringen, brachte ein

Gefühl von Normalität und Sicherheit zurück in sein Leben, das er seit dem Einbruch vermisst hatte.

In Jans Küche herrschte eine warme, einladende Atmosphäre, als Bastian und Jan gemeinsam das Abendessen vorbereiteten.

Die Stimmung war gelöst, fast so, als könnten sie für einen Moment die Sorgen der Welt vergessen.

Später, als sie nebeneinander auf dem Sofa saßen, umhüllt von der Stille der Nacht und dem sanften Schein einer Tischlampe, fand Bastian die Worte, um Jan zu danken.

«Jan, ich weiß nicht, was ich ohne dich getan hätte. Deine Stärke, deine Unterstützung… sie bedeuten mir alles.»

Jan drehte sich zu ihm, seine Augen voller Wärme.

«Bastian, ich bin einfach nur froh, dass ich für dich da sein kann. Wir gehen da gemeinsam durch, erinnerst du dich? Zusammen.»

Der Abend mündete schließlich in eine stille Übereinkunft, die Nacht gemeinsam zu verbringen.

Als sie nebeneinanderlagen, die Dunkelheit um sie herum, fühlte Bastian eine tiefe Ruhe über sich kommen. Jans gleichmäßiger Atem neben ihm war beruhigend, und in diesem Moment der Stille, der Zweisamkeit, fühlte er sich sicher und geborgen.

Die Nacht verbrachten sie in einer Umarmung des Trostes und der Zuneigung, ein stilles Zeugnis ihrer tiefen Verbundenheit und ihres gegenseitigen Beistands.

Es war eine Nacht, die nicht von Worten bestimmt wurde, sondern von der stillen Gewissheit, dass sie zusammen jedem Sturm trotzen konnten.

Kapitel 12

Am Tag der Wiedereröffnung von Bastians Zahnarztpraxis schien die Sonne hell und versprach einen Neuanfang. Die vergangenen Ereignisse hatten Bastian und Jan zusammengeschweißt, und nun standen sie Seite an Seite, bereit, dieses neue Kapitel aufzuschlagen. Die Praxis strahlte in neuem Glanz, ein sichtbares Zeichen der Überwindung und des gemeinsamen Erfolgs.

Unter den Gästen befand sich auch Marlene, die – wie schon so oft – mit einem Korb voller frisch gebackener Croissants kam.

«Zur Feier des Tages», sagte sie mit einem Lächeln, das Wärme und Solidarität ausstrahlte.

Ein weiterer besonderer Besucher war der kleine Erik, der an der Hand seiner Mutter die Praxis betrat. Er hielt stolz ein kleines Geschenk in der anderen Hand. Seine Augen strahlten vor Aufregung und Freude.

«Für Dr. Krüger und Herrn Müller», verkündete er, als er das Geschenk überreichte.

Es war ein handgemaltes Bild von der Zahnarztpraxis, bunt und fröhlich, ein Symbol seiner Dankbarkeit und seines Mutes. Bastian kniete sich hin, um Erik auf Augenhöhe zu begegnen, und nahm das Bild entgegen.

«Das ist wunderbar, Erik. Vielen, vielen Dank. Das bedeutet uns sehr viel», sagte er, die Rührung in seiner Stimme nicht verbergend.

Epilog

In Marlenes Café, einem Ort, der sich kaum verändert hatte und dennoch so viele Geschichten in seinen Wänden trug, saßen Jan und Bastian bei ihrem üblichen Tisch am Fenster. Die Morgensonne fiel sanft durch die Scheiben und tauchte das Café in ein warmes Licht, das die gemütliche Atmosphäre noch verstärkte.

Am Tresen stand Erik, nun ein lebensfroher Teenager mit einer schicken Zahnspange, der die Gäste mit einem breiten Lächeln begrüßte. Seine Augen leuchteten auf, als er Jan und Bastian sah.

«Guten Morgen! Das Übliche für euch beide?», fragte er mit einer freundlichen Stimme, die von seinem stetigen Selbstvertrauen zeugte.

«Ja, danke, Erik», antwortete Jan, während er liebevoll Bastians Hand drückte.

Sie hatten die Jahre gut zusammen gemeistert, ihre Beziehung war tiefer und stärker geworden, ein stiller Hafen in der manchmal stürmischen Welt.

In diesem Moment betrat Michael das Café, seine Haltung zeigte eine Mischung aus Zuversicht und Demut.

Die Veränderung in ihm war unübersehbar. Die Jahre im Gefängnis hatten ihm Zeit zum Nachdenken und zur Selbstreflexion gegeben. Mit der Hilfe eines Psychologen hatte er viel über sich selbst gelernt und begonnen, seine Vergangenheit aufzuarbeiten.

Als er Jan und Bastian sah, näherte er sich zögernd, doch sein Gesicht hellte sich auf, als er ihre freundlichen Blicke sah.

«Guten Morgen», grüßte er. «Darf ich mich kurz zu euch setzen?»

«Natürlich, Michael», antwortete Bastian, seine Stimme warm und einladend.

Die früheren Konflikte hatten sie überwunden, und es war eine Art friedlicher Akzeptanz zwischen ihnen entstanden.

«Ich wollte euch erzählen, dass ich jemanden kennengelernt habe», begann Michael, ein schüchternes Lächeln auf den Lippen. «Sein Name ist Alex, und er hat mein Leben verändert. Er hat mir geholfen, die Vergangenheit hinter mir zu lassen und nach vorne zu blicken.»

Jan und Bastian lächelten. Es war schön, zu sehen, wie Michael Frieden mit sich selbst gefunden hatte und nun einen neuen Lebensabschnitt begann.

«Das freut uns zu hören, Michael», sagte Jan. «Jeder verdient eine Chance auf Glück und Neuanfang.»

Erik kam mit ihren Bestellungen zurück, platzierte Kaffee und Croissants auf dem Tisch und warf Michael einen neugierigen Blick zu.

«Möchten Sie auch etwas?», fragte er.

«Ja, gerne. Einen Kaffee, bitte», antwortete Michael und bedankte sich bei Erik, bevor er sich wieder dem Gespräch zuwandte.

Kurze Zeit später bemerkten Jan und Bastian eine vertraute Gestalt, die durch die Tür trat. Lisa, die immer ein Lächeln bereithielt, gesellte sich zu der kleinen Runde.

Sie war in den letzten Jahren nicht nur eine unersetzliche Stütze in der Praxis, sondern auch eine enge Freundin geworden.

«Ich hoffe, ich störe nicht», sagte sie, während sie sich zu ihnen setzte. «Ich wollte einfach diesen besonderen Tag mit euch teilen.»

Während sie dort saßen, wurde Bastian von einem tiefen Gefühl der Dankbarkeit erfüllt.

Bastian und Jan tauschten einen Blick aus, der mehr sagte, als Worte es je könnten – eine stille Anerkennung ihrer tiefen Bindung und der gemeinsamen Reise, die sie so weit gebracht hatte.

«Weißt du», begann Bastian leise, während er Jans Hand fester hielt, «durch all die Stürme und Herausforderungen haben wir immer zueinandergefunden. Du bist mein Fels in der Brandung, meine größte Freude. Ich liebe dich.»

Jan sah ihn an, in seinen Augen ein Leuchten, das von Liebe und Hingabe zeugte.

«Und du bist mein Licht in der Dunkelheit, Bastian. Ich liebe dich auch.»